चाचा चौधरी
और
कुंभ मेला
द्वारा
पद्मश्री
आपके लिए एक पत्र है।
कहां से आया है ?
भाग्यवान ! तुम तीर्थस्थान पर जाना चाहती थीं। प्रयागराज में आयोजित कुंभ मेले चलते हैं।
निमंत्रण पत्र
प्रयागराज कुंभ मेले 2019
प्रेषक:-
श्री योगी आदित्यनाथ
उत्तर प्रदेश
यह अच्छी छुट्टियां रहेंगी।
कुंभ मेले का आयोजन हिंदुओं द्वारा प्रयागराज, हरिद्वार, नासिक और उज्जैन में क्रम से हर तीसरे वर्ष होता है।
बाम्रौली हवाईअड्डा
यह विश्वास किया जाता है कि इस विशेष दिवस पर त्रिवेणी संगम में डुबकी लगाने से सारे पाप धुल जाते हैं।
चाचाजी, इसका तात्पर्य यह हुआ कि हर बारह वर्ष के पश्चात यह आयोजन उसी स्थान पर होता है।
प्रयागराज कुंभ-2019 दुनिया का सबसे बड़ा भव्य, धार्मिक और आध्यात्मिक मेला माना जाता है

कुंभ मेला।
कुंभ मेले में तीर्थ यात्रियों के लिए सड़ कें चौड़ ी की गई हैं और 19 पुल और 6 अंडर पास बनाए गए हैं।
शौचालय
इस साल कुंभ मेले का आयोजन लगभग 3200 हैक्टर क्षेत्र में किया गया है। जोकि बीस भागों में फेला है।
पहले देवता और राक्षसों में अमर होने के विचार से कुभ कलश की प्राप्ति के लिए युद्ध हुआ था।
अमृत कलश ले जाते हुए विष्णु भगवान से अमृत की कुछ बूंदें चार स्थानों पर गिर गई थीं।
उन्हीं जगहों पर कुंभ का आयोजन होता है।
नमस्कार, चाचा चौधरी! उन्हीं जगहों पर कुंभ का आयोजन होता है।
चाचाजी, इस बार प्रयागराज कुम्भ 2019 मे लगभग 12 करोड तीर्थयात्रियों के आने का अनुमान है

कुंभ के लिए उ.प्र. सरकार ने 4200 करोड़ रुपये आवंटन किया है जो 2013 के कुंभ के मुकाबले 3 गुना ज्यादा है। और करीब 6 लाख से ज्यादा लोगों को रोजगार का अनुमान है।

HOSPITAL
'पेंट माई सिटी कार्यक्रम ' के तहत सभी सरकारी इमारतों और पुलों की दीवारों को कुंभ की कहानी से चित्रित किया गया है।
डिजिटल स्क्रीन
यह हमारा कंट्रोल रूम है।
उस आदमी को बड़ा करके दिखाना।

कुंभ अंकों में – 2000 साल पुरानी परंपरा, 33 करोड़ देवी देवता, 55 दिन, 14 आखाड़े, 12 करोड़ तीर्थयात्री, 3200 हेक्टेयर मेला क्षेत्र, 36 करोड़ Meals (भोजन), 192 देश, 30000 हजार से अधिक मेडिकल स्टाफ, 45000 पुलिस कर्मी

© PRAN'S FEATURES LLP

ओह ! बचाओ !!

शेर सिंह, कुंभ मेले को तहसनहस करना चाहता था ।

इसे जेल में पहुंचाना होगा ।

जेल

शेर सिंह, भूल गया था कि इस वर्ष कुंभ मेले में सख्त सुरक्षा प्रबंध हैं ।

कुंभ मेले पर डाक टिकट का उद्घाटन ।

पहली बार पूरा मेला सीसीटीवी की निगरानी में है। पूरे मेले में 40 अग्निशमन केंद्र, 40 निगरानी टावर, 62 पुलिस चौकियां, 3 महिला पुलिस स्टेशन

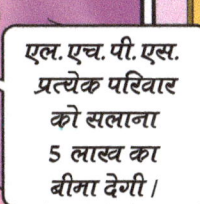

हर विकास के लिए रुपयों की लागत चाहिए।

60,000 करोड़ से ज्यादा की लागत उद्योगों को आगे बढ़ाने के लिए लगाई जाएगी।

मुझे अपनी फैक्टरी के लिए जमीन सस्ते और बैंक से आसान कर्ज़े की किश्तों पर मिल गई है। यहां पर 24 घंटे पानी और बिजली की सुविधा है।

चलो, देखते हैं, उत्तर प्रदेश में शिक्षा के क्षेत्र में कितना काम हुआ है।

हमारे मुख्यमंत्री उत्तर प्रदेश के विकास के लिए अच्छा काम कर रहे हैं।

हम प्रत्येक छात्र और अध्यापक का डाटा कंप्यूटराइज कर रहे हैं। स्कूल के फर्नीचर, बिजली और पानी की सुविधाओं के लिए हमें 500 करोड़ रुपए आवंटित हुए हैं।

स्कूल चलो अभियान के अंतर्गत 1,31,163 से अधिक छात्र नामांकित हो चुके हैं।

PRINCIPAL

चाचाजी, चलो भीमसिंह से मिलते हैं। वह अपने खेतों में गन्ना उगाता है।
नमस्कार! चाचाजी!
तुम्हें खुश होना चाहिए कि सरकार तुम्हारी बकाया रकम गन्ना उत्पादकों को देगी।
हां, सच है। इससे पहले हम परेशान थे।
2017-2018 में उ०प्र० सरकार ने 27,729.48 करोड़ रूपये गन्ना किसानों को दिये और इसी अवधि में रिकॉर्ड चीनी का उत्पादन हुआ है।
मुख्यमंत्री योगी आदित्यनाथ 2022 तक किसानों की आमदनी दो गुना करना चाहते हैं।
मुझे यह शौचालय दिखाई दिया। पूरे उ०प्र० में स्वच्छ भारत अभियान के अंतर्गत 1.71 करोड़ शौचालय 2.5 करोड़ परिवारों के लिए बनाए गए हैं।

उ.प्र. देश की तीसरी सबसे बड़ी व्यवस्था है। प्रधानमंत्री आवास योजना के अंतर्गत वर्ष 2017-18 में कुल 9.10 लाख मकानों की स्वीकृति प्रदान की गई।

9

उज़् ज्वलायोजना के अंर्तगत 97 लाख परिवार मुफ्त गैस कनैक्शन ले चुके हैं।
मैंने भी यह सुविधा ली है।
7583 गांव, बस द्वारा शहर से जुड़ गए हैं। 18 बस टर्मिनलों के अत्याधुनिक किया गया है। 16 वातानुकूलित बसें, 50 नई बसें में चलाई गई हैं।
लखनऊ गाजीपुर हाई वे का विकास हो गया है। इसे आगे गोरखपुर तक बढ़ ायाजाएगा।
बुंदेलखंड प्रभाग में बुंदेलखंड एक्सप्रेसवे भी शीघ्र बनने की योजना है।
कुंभ मेला 3200 एकड़ क्षेत्र में आयोजित किया गया है। सड़ कें, पुल, अंडर पास, हवाई अड्डों का आधुनिकीकरण किया गया हैं। इसमें तंबू, अस्पताल, शौचालय, डिस्पले बोर्ड, सुरक्षा उच्च स्तरीय है।
THE KUMBH MELA.
INAUGURATING BY
CM. YOGI ADITYANATH
उ०प्र० में बहुत विकास हुआ है। इसका श्रेय आपके कठिन परिश्रम को जाता है।

चाचा चौधरी वेट लिफ्टिंग
किम्बो ! मैं हर रोज सौ बार डंबल्लज़ घुमाता हूं , इन से मेरी बाजुओं की मांसपेशियां मजबूत बनती हैं।
मगर मुझे वजन उठाने का शौक है।
याहू !
ओह ह !
क्या हुआ ?

मेरी उंगली तने की रगड़ से जख्मी हो गई।

वह इसलिए कि पेड़ की छाल खुरदरी होती है।

तुम्हें भार उठाने के लिए कोई ऐसी चीज तलाशनी चाहिए, जो खुरदरी न हो।

स्मूथ लोहे का वेट लिफ्टिंग वाला भार तुम क्यों नहीं ले आते?

लेकिन उसे खरीदने के लिए पैसे किसके पास हैं?

दुनिया ताकत के आगे झुकती है और तुम बलवान हो।

समझ गया। मैं जाता हूं और वेट लिफ्टिंग का भार लाता हूं।

वाह ह ! मैं उसे उठा कर चलता बनता हूं।
??
क्यों ?? तुम मेरा भार चुरा कर ले जाना चाहते थे ?
धड़ाक क !
ओह ! यह पिटाई और ज्यादा दर्द कर रही है। मुझे दूसरी जगह जाना चाहिए।

एक और लोहे का वेट लिफ्टिंग का भार दिखाई दिया।

उसका मालिक कमजोर है। उससे डरने की जरूरत नहीं।

अर र र! उस भार को न उठाना।

क्यों बे ? मेरे साथ टक्कर लेता है ?

अगर तुम अपनी हड्डियां तुड़वाना नहीं चाहते, तो मुझे भार उठाने दो।

मैं इसे एक हाथ से उठा सकता हूं।
मैं तुम्हें फिर कहता हूं कि भार न उठाओ।
तुमने यहां तक उठा लिया। इसे ऊपर न ले जाना।
देखो। मैं इसे कंधों से ऊपर ले गया।
धड़ाक क!
मैंने तुम्हें भार न उठाने की चेतावनी दी थी। जंग लगने से इसका लोहा जर्जर हो गया था।

चाचा चौधरी बिग्रेड-7

साबू ! समुद्र की ठंडी हवा चल रही है। सोच रहा हूं कि किनारे पर योगाभ्यास करूं।

चाचा चौधरी ! अगर आप हमारे जहाज के डैक पर योग करेंगे तो और भी अच्छा रहेगा। सोचिए चारों तरफ समुद्र और बीच में आप ध्यान मग्न होंगे। कितनी शांति मिलेगी।

एडमिरल साहब ! आप ठीक कह रहे हैं।

लेकिन मैं तो खुश्की पर दौड़ लगाऊंगा। मुझे इसी में आनंद आता है।

तुम्हारा जहाज कहां-कहां से आया है ?
फ्रांस, इंग्लैंड, अमरीका, जापान वगैरा, विश्व की यात्रा करके भारत पहुंचे हैं।
अब आगे यात्रा करने से पहले कुछ दिन जहाज यहीं पानी में रहेगा।
चाचाजी! ऊपर आ जाइए।
चाचा चौधरी योग में तल्लीन हो जाते हैं।
उधर खुश्की पर।
तुम्हारा नाम साबू है न ?
हां!
तुम्हें ब्रिगेड-7 के चीफ कांगो ने बुलाया है।

आओ, उस कुर्सी पर बैठ जाओ।

कांगो, तुम्हें मुझसे क्या काम है। मुझे जॉगिंग को जाना है।

अब तुम कहीं नहीं जाओगे। स्टील के इन बंधनों को दस हाथी मिल कर भी नहीं तोड़ सकते। तुम हमारे कैदी हो।

धोखेबाज!

स्मगलिंग के लिए हमें तट पर खड़े जहाज पर कब्जा करना है, अंदेशा था कि अगर तुम आजाद रहे तो काम में रुकावट डालोगे।

ब्रिगेड-7 की फोर्स जहाज की तरफ रवाना हो चुकी है।

ब्रिगेड-7 का स्टीमर जहाज की तरफ बढ़ रहा है।
सबको अपना अपना काम याद है न ?
बिलकुल।
ऊपर आओ।
वहीं रुको !
पहले इसका स्वाद चखो।
फररररर !
ओह ह ! जहरीली गैस !
फररररर !

सारे अफसर मारे गए।
जहाज पर कब्जा हो गया।
एक बचा है।
उसे भी परलोक पहुंचा दो।
फर र र र!
अचंभा! तुम पर जहरीली गैस का असर क्यों नहीं हुआ?
मैं योग के दौरान एक घंटे तक सांस रोके रख सकता हूं।
इसका मतलब है, गैस सांस द्वारा इसके अंदर नहीं गई?
मगर गनों से गैस खत्म हो गई है।
उसे पकड़ो।

बॉस कांगो ! हमने जहाज पर कब्जा कर लिया है।
गुड !
सिर्फ एक आदमी, जो योगाभ्यास कर रहा था, को छोड़ कर सबको मार डाला।
जो एक आदमी बचा है, उसे भी समुद्र में फैंक दो।
नहीं ! वह चाचा चौधरी है।
साबू, अपनी मांसपेशियों की सारी ताकत इकट्ठी करता है और एक झटके के साथ।
आह ह ह !
कड़ाक क !
उसने मजबूत बंधन तोड़ दिए।
यह पागल हाथी मेरा आखिरी सहारा है।
जाओ ! उसे कुचल दो।
ह ह ई ई !

वह मुझ पर वार करने आ रहा है।
उसने भारीभरकम हाथी को उठा लिया।
जाओ।
धड़ाम म !

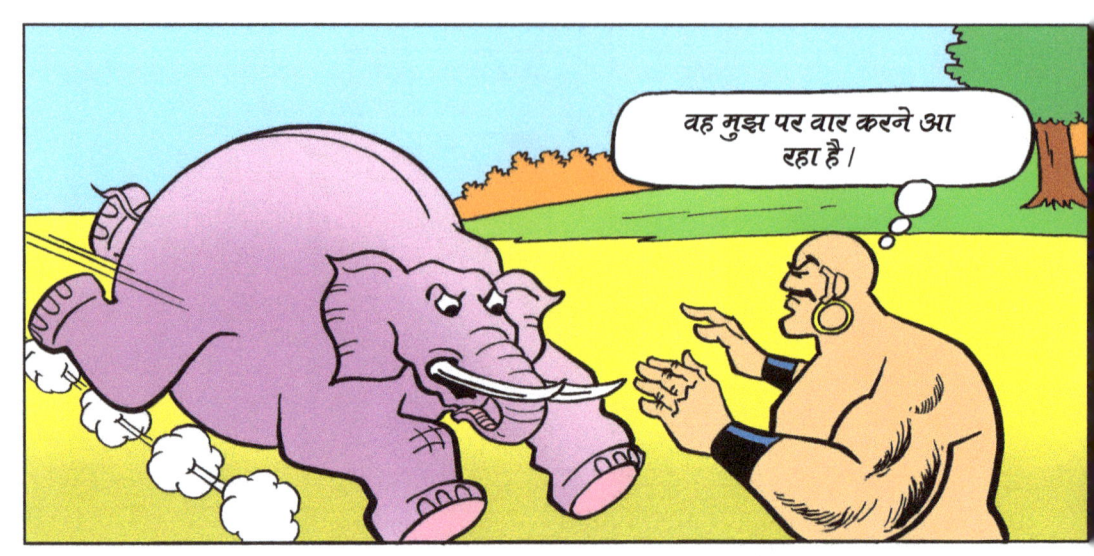

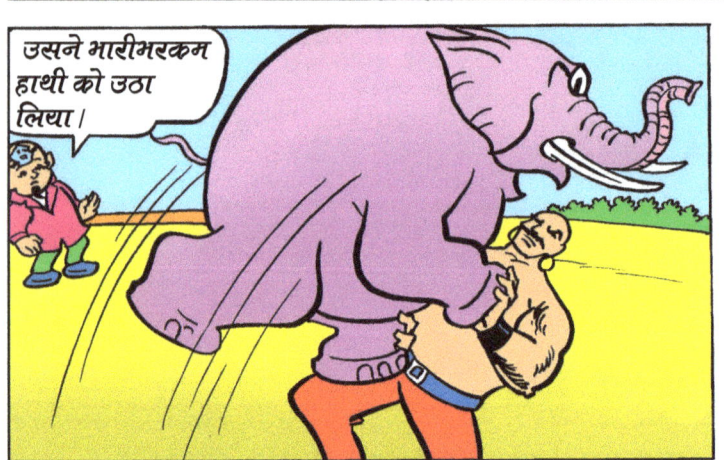

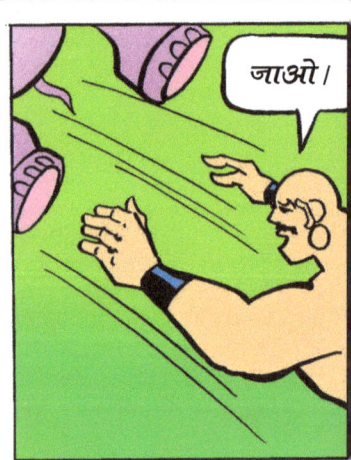

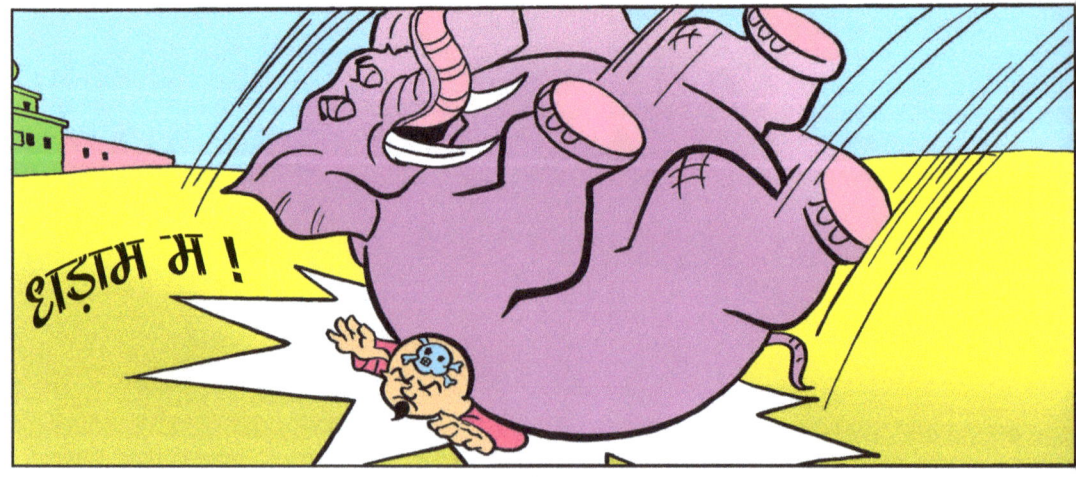

मुझे जल्दी उस जहाज पर पहुंचना है।

वह रहा वह।

वहां।
मैंने इसे काबू कर लिया है।
उसे समुद्र में फैंक दो।

जाओ! तुम्हारी कब्र पानी में लिखी थी।

??

डूबने से तो यह बच गया पर अब मैं इसका गला घोंटकर मार डालूंगा।
धड़ाक !
वह अब भी जिंदा है ?
उसने कहा था कि उसमें सांस रोकने की क्षमता है।
इस बॉक्स की भारी चोट से यह जरूर मर जाएगा।
हैं ?? बॉक्स ऊपर क्यों चला गया ?

कुछ अपना बोझ मुझे दे दो।
यह उस छोटे आदमी का साथी लगता है।
पहले इस लंबू को खत्म करो।
छछूंदरो! दूर हटो!!
धड़ाक क!
आऊ ऊ !!
छपाक क!
रहम! हमें माफ कर दो!
साबू! सबसे पहले हमें यह जहाज अधिकारियों को सौंपना है।
ठीक है। चाचाजी!

चाचा चौधरी गोलमाल

ओह ह ! मुझे प्यास लगी है । मगर मटका खाली है ।

आज नल में पानी नहीं आया ! शहर में पानी की तंगी है ।

मिनिस्टर साहब ! शहर में पानी की कमी के लिए आप क्या कर रहे हैं ?

मैंने पानी का रेट बढ़ा दिया है । महंगी चीज किफायत से इस्तेमाल होती है ।

सेठजी ! मेरी बनाई मूर्ति को अपनी दुकान में बेचिए। आपका फायदा होगा।
अभी आर्थिक मंदी है। बाद में आना।
सिर्फ तीन सौ का सैंपल है। आप इसे पंद्रह सौ में बेच सकते हैं।
आप मूर्ति लो। बिक जाए तो रुपए दे देना। यह मेरा मोबाइल नंबर है। अगर आर्डर मिले तो मुझे बुला लेना।
ठीक है।
बिक गई तो रुपए मिल जाएंगे।
कुछ देर बाद...
ड्राइवर ! गिफ्ट शॉप पर रोकना।

यहां वह मिल जाएगी।
हमको एक स्टेच्यू खरीदना मांगता।
मैडम! यह नया सैम्पल आया है।
वाओ! ब्यूटीफुल!
हम इसको लेता। प्राइज ?
1500 /-
हमारा नोएडा में इंपोर्ट-एक्सपोर्ट का कंपनी ए। हमको ऐसा मूर्ति मांगता। दे सकता ?
मोटा प्रोफिट।
मैं एक हफ़्ते में तैयार करवा दूंगा।

टुम इसका कीमत ले लो।
सब रैडी मिलेगा।
बाकी का सैकेंड वीक में लेने आएगा।
मुझे अर्जेंट 100 मूर्तियां चाहिए।
सौ मूर्तियों में तो काफी मैटिरियल लगेगा। इतना रुपया तो मेरे पास नहीं है।
यह लो, तीस हजार रुपए एड्वांस। काम शुरू करो।
मैं अगले हफ़्ते तक आ जाऊंगा।

अगले हफ्ते परेशान दुकानदार...
ओह ! एक हफ़्ता हो गया। न तो विदेशी महिला आई, न ही मूर्तिकार।
चाचाजी ! एक मूर्तिकार और विदेशी महिला ने मिलकर मुझे लूट लिया।
रमणीक सेठ ! फ़िक्र न करो।
न्यूज पेपर में एड् देते हैं कि बढ़िया मूर्तिकार चाहिए।
विज्ञापन आ गया। अब आगे का काम करना है।
मूर्तियों का बढ़िया कारीगर चाहिए।
मैं सामने के कमरे में इंटरव्यू लूंगा। तुम इस सी.सी.टी.कैमरा में देखते रहना। जैसे ही वहठग आए, बटन दबा देना। सायरन बज उठेगा।
कई कारीगर इंटरव्यू के लिए आए।

वह वही जालसाज़ है।
बटन दबा दूं।
तुमने सेठ को ठगा था ?
नहीं !
साबू इसको समझाना है।
कबूल है।
यह सारा प्लान मैडम का था।
चलो, बड़े घर।

चाचा चौधरी और टैरेरिस्ट

चाचाजी! वह किसकी तस्वीर है ?

WANTED
TERRORIS
ZAGALLC

यह खतरनाक टैरेरिस्ट ज़गालों की फोटो है। पुलिस उसे पकड़ कर जेल में डालना चाहती है। क्योंकि वह जबतक बाहर रहेगा समाज के लिए खतरा बना रहेगा।

WANT
TERRORI
ZAGALL

जब उसकी तस्वीर खींची थी, तब उसे पकड़ कर बंद क्यों नहीं किया ?

TERRORIST
ZAGALLO

रघु ! तुम्हारी टांग को क्या हो गया ?
शहर में कुछ दिन पहले बम ब्लास्ट हुआ था। उसकी भेंट चढ़ गई।
PHA
HOTEL
CAR LOANS
बड़ाम !
कांस्टेबल गतका ! बड़े गुस्से में दिखाई दे रहे हो ?
टैररिस्ट ज़गालो की तलाश में निकला हूं।
पुलिस कमिश्नर ने कहा है कि जब तक उसे पकड़ कर नहीं लाऊंगा, मेरी तरक्की रुकी रहेगी।
वह रहा, वह।
अर र !

ए रुको !
एक औरत को हाथ लगाने की तुम्हारी हिम्मत कैसे हुई ?
चांटा !
भविष्य में किसी महिला से छेड़ खानीन करना !
चाचाजी ! बुरी हुई !
क्या तुम्हें ट्रेनिंग में यह नहीं बताया गया कि औरत की चाल आदमी से अलग होती है ?

यह मेरी तरक्की का सवाल है। चाचाजी, कुछ करिए।
हम टैररिस्ट को पकड़ें गे।लेकिन तुम्हारे प्रमोशन के लिए नहीं, बल्कि वह समाज के लिए खतरा है।
ज़ गालों!
??
यही है वह टैररिस्ट।
चाचाजी! जिसको आपने रोका है उसकी शक्ल ज़ गालोसे नहीं मिलती। देखो!
छिपने के लिए सिर मुंडवाया जा सकता है।
WANTED

एक शरीफ इज्जतदार आदमी को परेशान कर रहे हो ?
लेकिन वह बांया कटा हुआ कान नहीं छुपा सकता और फिर मैंने जब उसका नाम पुकारा तो उसने मुड़ कर देखा।
??
WANTED
हां, चाचाजी! आप ठीक कह रहे हैं।
चाचा चौधरी का दिमाग कंप्यूटर से तेज चलता है।
तुमने मुझे पहचानकर गलती की। अब इसका अंजाम भुगतो।... छड़ी फैंको!

आऊ
ऊ !
धड़ाक क !
यह लो।
कांस्टेबल गतका,
संभालो अपना मुजरिम।
चलो।
बॉय य !

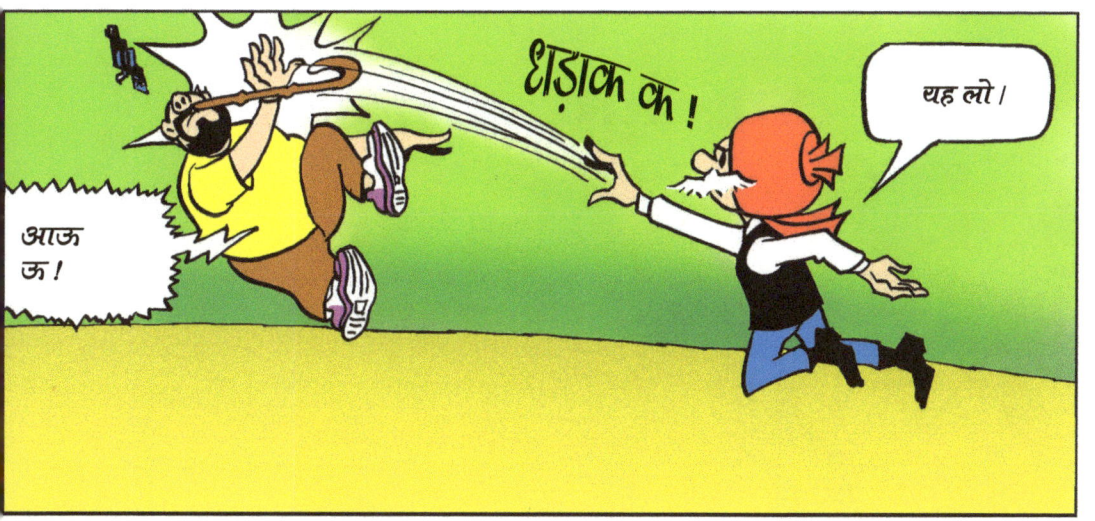

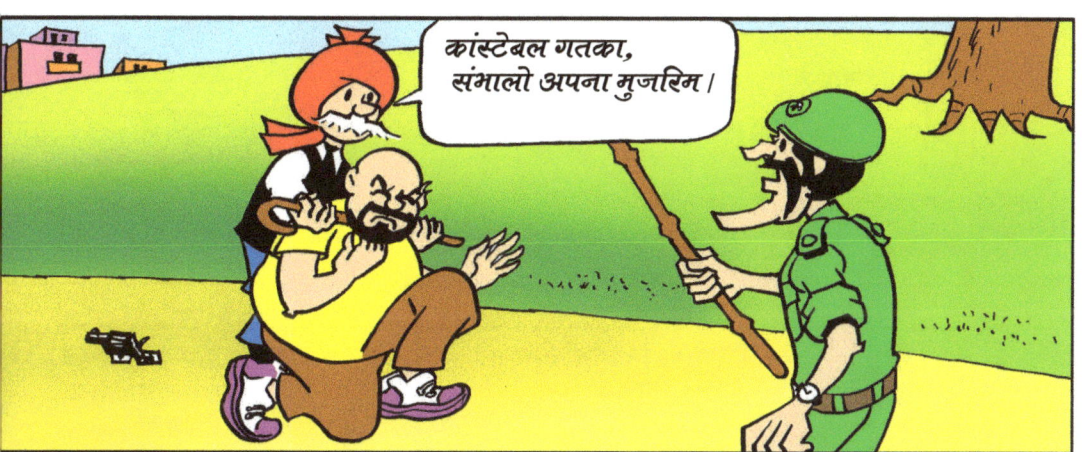

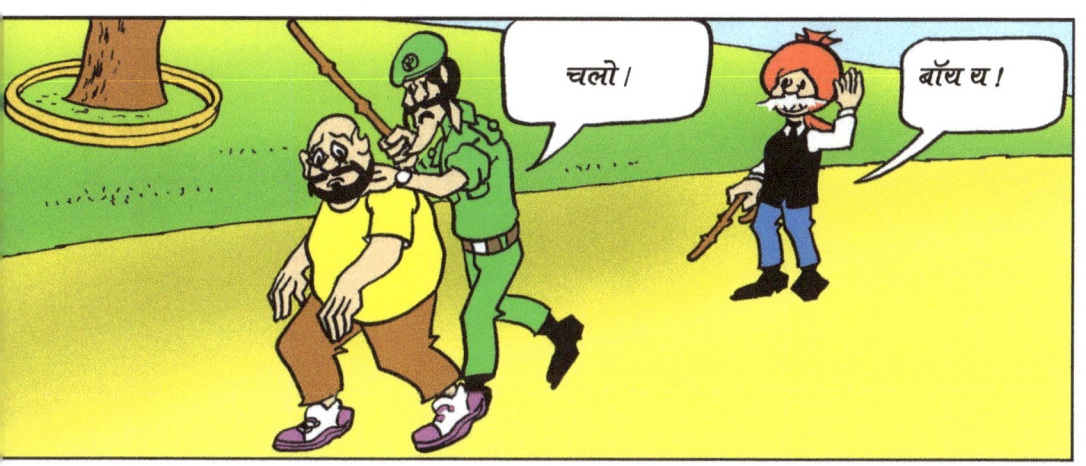

चाचा चौधरी खोजबीन

खोजी दास ! जमीन पर क्या ढूंढ रहे हो ?

चौधरी ! इस धरती में नीचे धातु छिपी है ।

मेरी खोजबीन कभी विफल नहीं हुई ।

चाचाजी ! यह पागल कौन है ?

यह एक महान वैज्ञानिक था, लेकिन अचानक अपना मानसिक संतुलन खो बैठा ।

अगर तुम्हें शक है तो यहां खुदाई करके देख लो।
हम क्यों अपना समय बर्बाद करें।
एक पागल से बहस करके क्या फायदा।
आओ हम अपनी राह चलें।
अगर तुम यहां खोदोगे, तो सच सामने आ जाएगा।

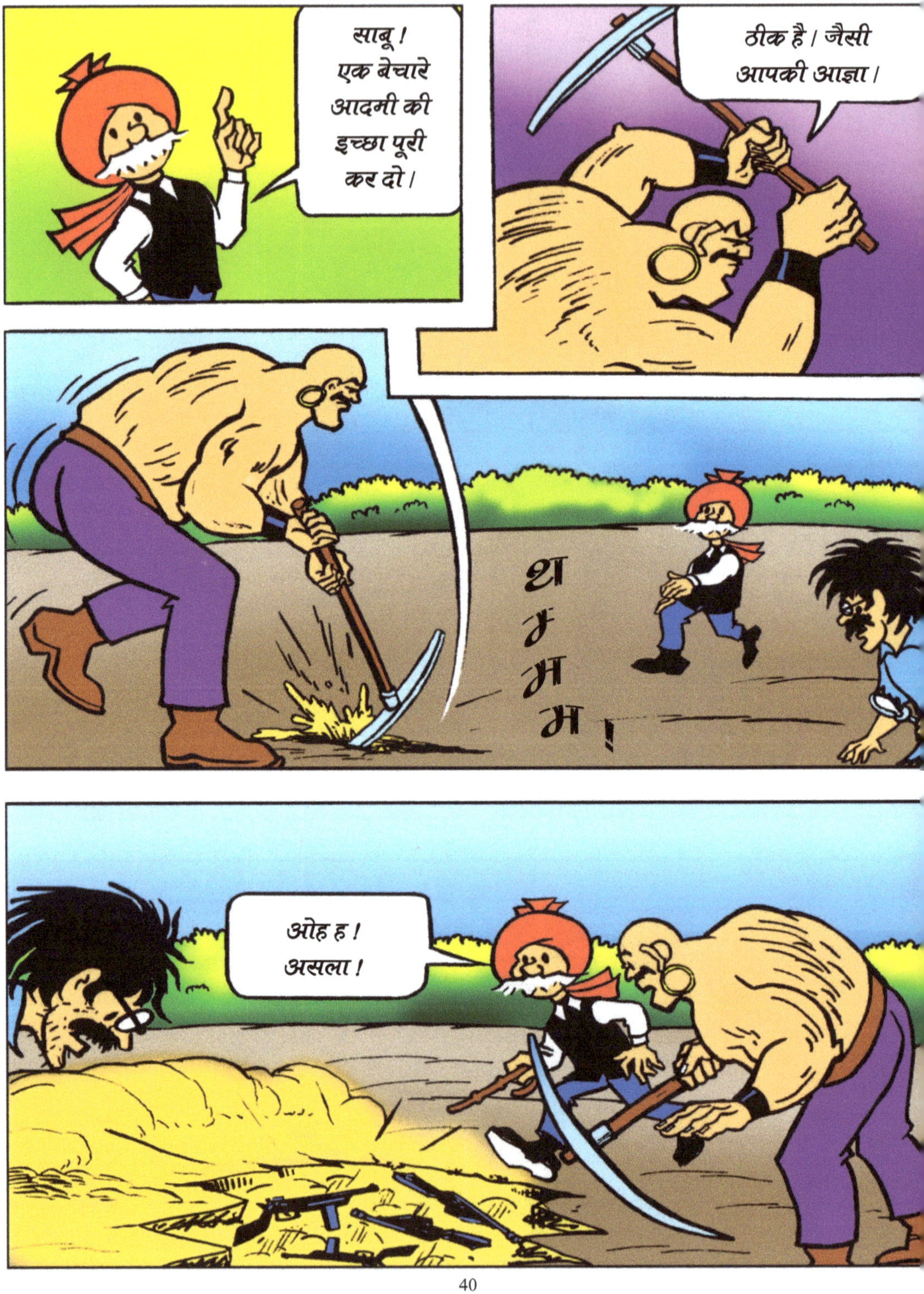

साबू !
एक बेचारे आदमी की इच्छा पूरी कर दो।
ठीक है। जैसी आपकी आज्ञा।
थ ज म म !
ओह ह !
असला !

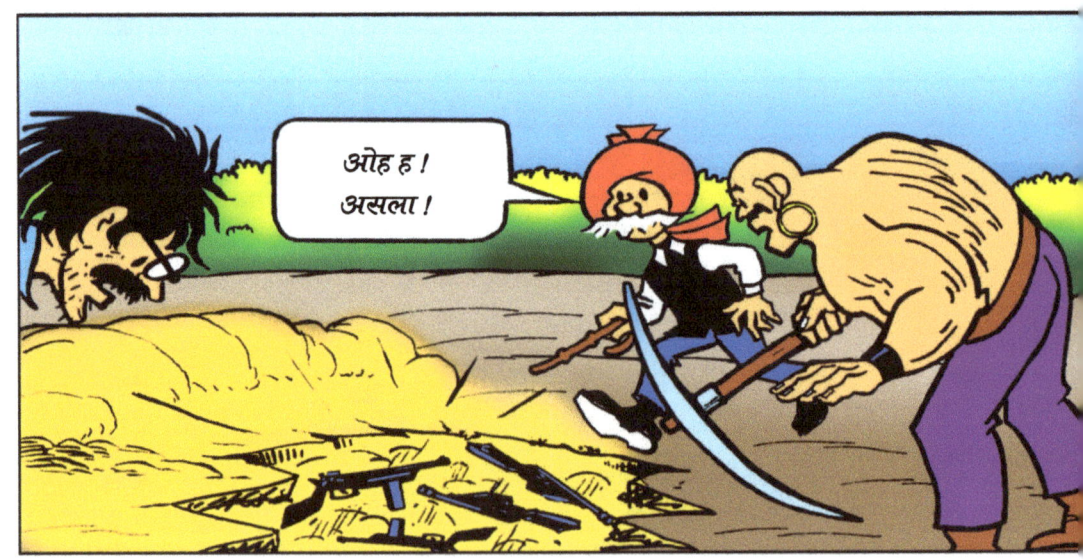

ये हथियार यहां पर कहां से आए ?
इस आतंकवादी ने इन्हें यहां दबाया था।
क्या मैं सही नहीं था ? ये बंदूकें धातु की बनी हैं।
अब तुम कहां चले ?
खनिज पदार्थों की खोज में।

चाचा चौधरी
अक्ल बड़ी या भैंस

गालो ! तुम्हारे जिस्म की मांसपेशियां बलिष्ठ हैं।

सारा ! मैं ताकत का पुजारी हूं। बल के आगे सब झुकते हैं।

लेकिन कुछ लोग ऐसा नहीं मानते।

जाओ। किसी एक आदमी को पकड़ कर लाओ जो ताकत की बुराई करता हो।

चलो भई सारा, लगता है आज गालो मसखरी के मूड में है।

42

क्यों भई, सुलतान! अक्ल बड़ीहै या ताकत?
ताकत।
धांय य!
जिसके हाथ में ताकत होती है, वह सारी दुनिया पर हकूमत कर सकता है।
तुम सच कहते हो। आगे बढ़ जाए।
चाचा चौधरी! ताकत बड़ी या दिमाग?
दिमाग।
जहां ताकत फेल हो जाती है वहां बुद्धि कामयाब हो जाती है।

इसका तुम्हें मेरे साथी का यकीन दिलाना होगा। मेरे साथ चलो।

गालो! यह व्यक्ति कहता है कि बुद्धि बड़ी होती है।

तुम्हें ताकत का सिक्का मानना होगा।

नहीं, बुराई कहते हैं कि अक्ल भैंस से बड़ी होती है।

तुम्हें अभी पता चल जाएगा! सारा!... भैंस को इस चूहे के पीछे छोड़ दो।

हो! हो!! देखो, भैंस अक्ल को खदेड़ रही है।

गर र र!
ओह ह! बच गए।
धड़ाक क!
तुम ताकतवर बनना चाहते हो न? यह गाजर खाओ, इसमें विटामिन और प्रोटीन होता है।
??
गर र र!

ओह ह ! भैंस मुझे मारने आ रही है। भागो !
आऊ ऊ !
टक्कर !
वह भैंस गाजर खाना चाहती थी। अगर तुममें अक्ल होती तो उसे फैंक देते और चोट से बच जाते।
हाय य !

चाचा चौधरी
जॉगिंग
रूक जाओ।
देखो, शरीफ आदमी महिलाओं के साथ इस तरह से पेश नहीं आते।
मैं शरीफ आदमी नहीं, एक लुटेरा हूं। तुम्हें लूटने के लिए रोका है।
अच्छी सेहत के लिए मुझे जॉगिंग करने दो।
अगर तुम्हारी सेहत अच्छी होगी, तो तुम्हें लूटना मुश्किल हो जाएगा।
वह डाकू पिस्तौल दिखाकर बीनी को लूटना चाहता है।

सर सट ट !
धड़ाक क !
आऊ ऊ !
बीनी ! तुम्हारी मां का फोन आया है।
बेटी ! यह धड़ क की आवाज कैसी थी ?
एक मच्छर था। उसे ताली बजाकर भगा दिया।

www.ingramcontent.com/pod-product-compliance
Lightning Source LLC
Chambersburg PA
CBHW042146170626
46815CB00006BA/325
9789388274197